Gatos de todos tipos

Lada Josefa Kratky

Este es un gato doméstico.
Ronronea si está feliz. Se rasca
si algo le pica.

Pasa ratos largos reposando.
Le gusta comer en casa. Si tiene
ganas, sale a cazar un ratón.

El león es un gato salvaje.
Vive en una manada. Es del
color de lo que lo rodea. Con
su melena, el macho parece
más grande de lo que es.

Muchas veces ruge de noche.
Las leonas cazan gacelas y
otros animales grandes.

El tigre es el gato más
grande. Le gusta vivir solo.
Tiene rayas que lo ayudan
a esconderse en las matas.

Le gusta nadar en ríos y
lagunas. Corre rápido como
un rayo. Caza de noche. Caza
gacelas, búfalos y jabalíes.

Hay muchos tipos de gatos. Algunos tienen manchas en forma de rosa. Otros son de un solo color. Solo uno quiere vivir con la gente.